Valentina Gemelli

L'UOMOMINKIA

Guida al riconoscimento degli esemplari

mitologici del Minkiabrand

L'UOMOMINKIA

di Valentina Gemelli

prima edizione: febbraio 2025

Copertina a cura della RCP

©ROBERTO CALVO PRODUCTIONS LTD (RCP)

ROBERTO CALVO PRODUCTIONS LTD

71-75, Shelton Street, Covent Garden, London

WC2H 9JQ, UNITED KINGDOM

info@robertocalvoproductions.com

www.robertocalvoproductions.com

A voi che non appartenete al Minkiabrand,

i miei genitori e mio fratello.

Se vuoi che qualcosa venga detto, chiedi ad un
uomo.
Se vuoi che qualcosa venga fatto, chiedi ad una
donna. (M.Thatcher)

PREFAZIONE

Mi sono sempre piaciute le persone che condividono il loro peculiare punto di vista su argomenti seri e importanti, in maniera ironica e divertente. Le cose dette con il sorriso sulle labbra, hanno la magnifica caratteristica di colpire in profondità, senza risultare mai troppo dure e offensive. Valentina Gemelli è una di queste encomiabili persone. La sua arguta guida "L'Uomominkia" può sembrare a prima vista un testo leggero e spassoso, un attacco canzonatorio al maschio moderno e alle sue tecniche di corteggiamento e seduzione. In realtà è una vera e propria triste denuncia, un accorato grido di allarme, sulla difficoltà di reperire, nella società contemporanea, uomini affidabili e di spessore.

Viviamo in un mondo dedito più alla superficialità che alla sostanza, dove sembra più conveniente apparire che essere. In questo scenario deprimente, è facile imbattersi in commedianti dai corpi tirati a lucido ma dalle personalità ingannevoli, e Valentina si aggira tra loro come una novella Diogene, con la sua lanterna in mano in cerca dell'uomo vero, virtuoso e onesto. La sua capacità nel riconoscere e smascherare qualunque tipo di uomominkia, dal single sui social allo scroccone, da quello gentiluomo al vanesio, è così acuta e affinata, da non poter essere abbindolata. Per Valentina non esiste scatola ben adornata che le impedisca di annusarne il vuoto interiore e la conseguente fregatura.

Leggendo il suo libro, si ha l'impressione di assistere a una accanita sfida a nascondino tra lei, nel ruolo di cercatrice, e i vari ragazzini furbetti che, speranzosi di non essere beccati prima di arrivare a tana, si eclissano nei modi più disparati. Un gioco elettrizzante e coinvolgente, in cui l'autrice è talmente preparata, da non concedere scampo a nessuno, uscendone inevitabilmente vittoriosa.

La sua definizione di uomominkia non sfigurerebbe nemmeno nella famosa lista di Sciascia ne "Il giorno della civetta", quella composta da uomini, mezzi uomini, ominicchi, pigliainculo e quaquaraquà.

Non mancano le considerazioni sulle motivazioni che portano molti uomini a comportarsi in questo modo deludente, uno su tutti la mamma dell'uomominkia, meglio identificata come la suoceraminkia, capitolo particolarmente appetitoso ed esilarante.

In conclusione, quella che state per scoprire è un'opera originale, coraggiosa, creativa e terribilmente vera. Sarei curioso di leggere un secondo volume dedicato alla donnaminkia, perché diciamocelo con onestà: nessuno è perfetto.

Massimo Benenato

INTRODUZIONE

"Vita da single circondate da uominiminkia." Solo a leggere queste parole, dovrebbe insinuarsi tra i vostri pensieri un misto di rassegnazione e ironia accompagnato da un sorriso forzato che si trasforma in una smorfia sospesa tra il divertimento e una crescente sensazione di avvilimento che sembra non trovare mai una via d'uscita.

Sì, avete capito bene; parlo dell'uomominkia, scritto tutto attaccato. Non ne avete mai sentito parlare? Strano, davvero. Perché, credetemi, siamo letteralmente circondate. Questa guida nasce da un bisogno, quello di mettere nero su bianco una realtà che, a quanto pare, molte di noi condividono e conoscono fin troppo bene.

Non è una lamentela, badate. O almeno non del tutto. È più un'analisi sociologica informale e semiseria, un manuale di sopravvivenza, un album delle figurine dell'uomo minkiuto, una categoria che, ormai, meriterebbe un suo posto nei libri di antropologia. Li abbiamo conosciuti tutti, questi esemplari mitologici: creature che popolano il mondo delle relazioni moderne, spesso mascherate da uomini adulti, ma con un cuore e un'anima ancora piantati nella landa desolata dell'immaturità.

L'idea di questa guida ironica è nata dopo una serata qualunque tra amiche, chiacchiere e calici di vino. Abbiamo raccontato storie, le nostre e quelle altrui, scoprendo, con ilarità, che quasi tutte potevamo vantare un ricco repertorio di aneddoti, una raccolta di immagini plastificate ciascuna dedicata a un rappresentante del vasto regno del Minkiabrand. Non è un caso: l'uomominkia, infatti, sembra spuntare ovunque. Si mimetizza tra i nostri amici, si aggira sulle App di incontri, prende vita a cene romantiche che finiscono con noi che telefoniamo al reparto di Psichiatria affinché vengano a prelevarlo con la camicia di forza e un flaconcino di tranquillanti.

In queste pagine non troverete soluzioni miracolose. Non sono qui per dirvi come modificare un uomominkia o come evitarli del tutto anche e soprattutto perché, piccolo spoiler, non si può. Quella che troverete, invece, è una narrazione autentica condita di ironia e sincerità, che vi farà sorridere e forse riconoscere qualche volto familiare tra le righe.

Quindi, prendetevi un momento, preparatevi a sogghignare e forse a sospirare, e tuffatevi in questo viaggio attraverso la giungla delle relazioni moderne. E chissà, magari alla fine scoprirete che l'uomominkia non è solo una condanna, ma anche, in qualche modo, una divertente lezione di vita.

Buona lettura!

PS: I seguenti prototipi, elencati con cura assolutamente casuale, non seguono né un ordine di apparizione né un grado di importanza. Del resto, a dirla tutta, non ne hanno affatto. Quindi li troverete disposti con un sofisticato metodo scientifico cioè in ordine sparso!

Con ironia e complicità,

Valentina Gemelli

ALERT: Oltre al "ti amo", "io non sono come gli altri, "io non ti lascerò mai", quali altre barzellette conoscete?

LA NASCITA DEL MINKIABRAND

Già il nome evoca un'intera enciclopedia di situazioni borderline e momenti tragicomici. Il *Minkiabrand,* ovvero, quella sorta di annuario dedicato agli esemplari mitologici più improbabili, un'antologia dedicata ai casi umani improponibili, un'ode ai portatori sani di disagio che tutti abbiamo incontrato almeno una volta.

La nascita del *Minkiabrand* è come l'alba di un bestiario contemporaneo, consacrato a quei fenomeni che sembrano sfuggire a ogni logica convenzionale, interpreti inconsapevoli di una comicità quasi metafisica.

È una collezione di miti moderni, dove ogni figura rappresenta un archetipo di caos e stranezza quotidiana: dall'eterno indeciso al filosofo da discount, passando per il traditore nei giorni feriali perché nel week end si ricorda di essere sposato. Ogni appartenente al *Minkiabrand* non è solo un personaggio ma un monumento al surreale, un pezzo unico, drammatico e contemporaneamente comico, nel grande puzzle dell'assurdo umano.

STUDI FANTASCIENTIFICI SULLO STRANO CASO DELL'UOMOMINKIA DEL SECONDO MILLENNIO.

Charles Darwin, con la sua illuminante teoria, spiega che le specie si evolvono nel tempo grazie a un processo naturale di selezione: in parole povere, il più forte sopravvive. In seguito, si riproduce, (scusate il sussulto ma a volte sarebbe meglio di no) trasmettendo così i tratti vantaggiosi alle generazioni successive. L'adattamento all'ambiente ha, così, dato vita a quella meravigliosa diversità biologica che è sotto i nostri occhi ogni giorno, ricordandoci che tutte le forme di vita hanno un filo rosso che li lega.

Premesso ciò, fa capolino una domanda scomoda: ma se è vera tutta questa storia che gli individui continuano a generarsi dalla stessa specie di uomo gagliardo, come è possibile che oggi ci troviamo a fare i conti con la proliferazione di una serie di soggetti del genere uomominkia? Cosa è andato storto? C'è stato un bug nel sistema riproduttivo? Perché gli appartenenti al Minkiabrand si aggirano tra di noi?

Questi elementi minkiuti, invece di adattarsi all'ambiente, sembrano impegnati a stare al mondo rendendo la vita

17

insopportabile a chiunque altro! Siamo circondati. Ma non è che da eccezioni difettose sono diventati loro la regola?

Posiamo una lapide senza epitaffio e andiamo a conoscere più da vicino queste curiose creature mitologiche.

ALERT: Ogni persona che incontro è un passo verso la castità.

PROTOTIPO N. 1

IL SINGLE SUI SOCIAL: Il mito dell'uomominkia

Ecco a voi un esemplare interessante della specie del minkiaman, il single sui social: quello che, dopo aver spedito una serie di messaggi privati su tutti i social esistenti *terra marique* per una prima esplorazione valutativa, si lancia in un attacco frontale su chat per chiederti se sei davvero la sorella di quella sua compagna di liceo, quella con i capelli lunghi afro che non vede dal giorno della maturità e che ha incontrato alla cena di classe organizzata per il ventennale del diploma, sabato scorso.

Poi, con il fascino dei migliori autori di canzoni anni '80, inizia a sommergerti di complimenti, ti invita per un caffè alle 11.00 di un giorno feriale in un bistrot all'altro capo della città, ben lontano dal suo quadrante casa/ufficio/casa e, con una naturalezza disarmante, ti invia il suo numero di telefono per continuare la conversazione su WhatsApp. Ma, attenzione: prima ha strategicamente nascosto l'ultimo accesso, per evitare che la sua partner ufficiale scopra che in realtà sta chattando con te e contemporaneamente con la vicina di casa, con la commessa del negozio di scarpe e con tutto il cucuzzaro.

Lui è l'incarnazione dell'ombra sui social: non scrive mai nulla sulla sua bacheca, cancella i messaggi in inbox, ha l'account Facebook blindato e quello di X lucchettato. Su Once, invece, ti si presenta con la foto profilo di un Pokémon e l'indicazione di un'età decisamente più bassa di quella reale. Condivide pochissimi post, solo con amici selezionati escludendo quei "conoscenti" che potrebbero includere l'ignara consorte, e ha vietato a tutti gli altri la possibilità di scrivere anche solo un ciao sul suo wall: un'ulteriore misura di sicurezza, per garantire la sua privacy.

Che peccato, però, perché sarebbe simpatico dargli il benvenuto tra i nuovi contatti scrivendo pubblicamente sulla sua pagina di Facebook: "Ciao uomominkia, ma tua moglie lo sa che sei single sui social?".

ALERT: l'uomominkia è l'anello di congiunzione tra una O e lo zero.

PROTOTIPO N. 2

L'UOMOMINKIA CONDOTTIERO: Massimo Decimo Meridio 2.0

Eccoci qui, a proseguire la saga, con lui: Massimo Decimo Meridio da tastiera. Quello che pensa di comandare la scena, che fa il suo gioco, che stabilisce le regole: *"ti scrivo io"*, *"il gioco lo conduco io"*, *"ti rispondo quando dico io"*, *"al mio segnale fai come dico io"*, *"ti telefono io"*, *"ti cerco io"*. Peccato che, appena incrocia una "Giovanna d'Arco" del XXI secolo, perde il controllo in un batter d'occhio. Da generale invincibile, Massimo Decimo Meridio Minkiofono si trasforma in un attimo in un *MinkiaSancho Panza*, più preoccupato di abbattere mulini a vento che di combattere vere battaglie. Eppure, questo Condottiero 2.0 crede di giocare a carte coperte, ma non sa che ogni sua mossa è ormai smascherata. Il trucco è stato svelato da tempo!

Perché sì, sarà pure un generale, ma un Mago Magù proprio no. E nemmeno Houdini, che almeno sapeva sparire e ricomparire al momento giusto. Lui, l'uomominkia, non sa fare nemmeno quello! Per capirlo, bisogna partire da un concetto fondamentale: l'uomo *minkiuto* si crede davvero il dittatore del tuo cuore. Ma la colpa non è completamente sua, purtroppo. Se per tutta la vita si è trovato di fronte una *Miss Yes*, dalla mamma alla fidanzata, dalla moglie all'amante, è chiaro che il minkiaman non conoscerà altri modelli di comportamento che quelli imposti da donne geishate e vittime del loro ruolo.

E si riconosce subito, il condottiero 2.0 da tastiera. È quello che, contemporaneamente, scrive le stesse cose a più donne, su tutti i social, per non farsi sfuggire nemmeno una *minkiachance*. Un DM su X, un PM su Facebook, un Direct su Instagram... tutto pur di non farsi cogliere impreparato. E poi clicca *"Invia a tutte"*. WhatsApp, invece, è troppo rischioso: lì potrebbe scoprire che la *"zerbina"* di turno ha capito il gioco e che magari lo ha pure messo in blacklist. Ma dubito che succeda, perché il *minkiaman* non è certo l'Einstein del secolo!

E guai se *Miss Yes* osasse mandare per prima un messaggio della stessa portata alla sua "generalissima" attenzione! Si aprirebbero le porte dell'inferno.

Il minimo che potrebbe succedere è che il nostro eroe si possa sentire defraudato di ogni suo potere, virtuale ovviamente, e possa piombare in una depressione da cui uscirà solo con una camomilla o, meglio ancora, con litri di vino per dimenticare l'affronto, e un muso lungo come l'autostrada della Cisa. O più probabilmente, potrebbe imporre il suo silenzio e regredisce all'età dello svezzamento, facendo capricci e broncetti.

Il massimo che possa accadere, invece? Beh, potrebbe visualizzare senza rispondere, cercando di infondere un senso di colpa per l'onta subita alla femminuccia di turno e rintanarsi nel suo regno digitale, con la sua corazza carica di ego ferito, pronto a cercare nuovi mulini da abbattere, fino alla prossima sconfitta.

E, allora, brindate! Perché vi siete finalmente tolte di mezzo questa figura. Stappate la miglior bottiglia di champagne che avete in cantina, perché le belle notizie vanno festeggiate.

Dimenticavo: il minkiaman condottiero, come da copione, si rifarà vivo. È nella sua natura.

E lo farà solo quando non saprà più come impegnare il suo misero tempo. A quel punto, se deciderete di "inzerbinarvi" o mandarlo a quel paese, sarà solo una vostra scelta.

ALERT: Houston, passami Međugorje.

PROTOTIPO N. 3

L'UOMOMINKIA COCCO DI MAMMA: Il principe del divano di casa.

Ovvero quella straordinaria specie di maschio italico che appartiene alla nobile categoria dei "minkiofoni belli di casa"; quello che non sa cucinare e non ha la minima intenzione di imparare, tanto c'è mamma a sistemare tutto! Me lo immagino questo povero disgraziato, figlio di una madre santa, venerata come la Madonnina di Civitavecchia che lacrima sangue.

Lei che continua a fare la spesa per il bamboccione che, ovviamente, non ha alcuna intenzione di staccarsi dalla sua gonna.

"Perché mio figlio i ceci non li mangia se non sono frullati!"

"Perché lui non ha bisogno di incontrare una ragazza, innamorarsi, andare a vivere con lei a 400 km di distanza, tanto c'è mamma!"

"Perché è inutile portare le camicie in lavanderia: basta che le dai a mammina tua che te le stira pure!"

E se te lo trovi davanti con quell'aria indagatoria da controspionaggio della Cia, non farti illusioni: non sta scrutando i tuoi occhi nocciola con pagliuzze giallo-oro, rame-rossastre. No, sta cercando di capire se potresti piacere alla sua adorata mamminasanta perché tu non lo sai, ma lui è una sorta di Don Rodrigo con il Kilt, il protettore ufficiale di sua madre. E se con quell'atteggiamento lugubre da povero condannato alla sedia elettrica, ti confessa che ha avuto una vita sentimentale sfortunata, non ti resta che rispondere nell'unico modo possibile, mantenendo una falsissima ma credibilissima aria compassionevole: "Lo so, immagino che tutto sia iniziato alla nascita".

Ora, prima che la folla si scagli con furore contro di me, permettetemi una piccola difesa di questa creatura psicologicamente fragile/labile/psicolesa: se un uomo nasce maschio e poi diventa un uomominkia, un cocco di mamma, una sorta di cozza incollata alla roccia materna, beh, la colpa non è sua. È dell'ostetrica che, quando è nato, non ha avuto la lungimiranza di tagliare di netto il cordone ombelicale. Ecco, questa è la verità.

LA MAMMA DEL PROTOTIPO N. 3

APPENDICE

LA MAMMA DELL'UOMOMINKIA COCCO DI MAMMA.

A questo punto, come si fa a non dedicare un intero paragrafo, con tanto di titolo scritto in rilievo, a questo prototipo di femmina?

Ecco a voi, signore e signori, la regina incontrastata dell'universo suoceresco: scintillante, velenosa, e sfavillante nella sua perfidia.

Prepariamoci, quindi, a un viaggio nel regno del "So tutto io e tu stai zitta".

Eccola, LA SUOCERAMINKIA, ovvero la mamma dell'uomominkia. una vera e propria combo esplosiva! Solo a pensarci mi si appanna la vista, si lacerano le budella e mi viene voglia di farmi un'iniezione preventiva di antistaminico per evitare l'orticaria. È che non so, questo nome mi suona come un'evocazione sacra al contrario mentre mi si rivoltano gli occhi iniettati di sangue come la bambina di Phenomena.

Per di più mi si drizzano i capelli che nemmeno l'anticrespo e la maschera alla cheratina ce la fanno a lisciarli e ad ammorbidirli.

Se è vero che non tutte le suocere sono uguali, è altrettanto vero che imbattersi in una simile donna equivale a scoprire che il tuo salvaschermo mentale ha deciso di bloccarsi proprio sull'immagine più irritante del tuo archivio. E no, nemmeno il task manager dell'anima riuscirà a sbloccarlo. Fine dei giochi. Game over. Closed. Meglio il divorzio.

Ma soffermiamoci sul comportamento inqualificabile della mamma del minkiaman bamboccione.

Ti ignora con una passione che quasi commuove, riuscendo a disinteressarsi di te in modo assolutamente magistrale. Che tu ci sia o meno, per lei è del tutto irrilevante. Anzi, diciamolo, meglio se non ci sei, soprattutto in quelle occasioni speciali o durante le feste comandate, quando la tua assenza diventa un dettaglio che le rende la giornata decisamente più luminosa.

Non gliene frega nulla di chi tu sia. Puoi chiamarti Donata, Giorgia, Irma, Otella o anche Anastasia Stilton, ma per lei sei un personaggio di contorno, uno sfondo sfocato nella scenografia del Grandioso Spettacolo della Vita del Figlio Adorato. Lei è certa, certissima, che tu non avrai mai un posto da protagonista nel cast principale nel film in cui il suo bamboccio è l'attore principale. E resta così, in trepidante attesa che arrivi il giorno, perché quel giorno arriverà secondo lei, in cui il suo amato minkiofono cocco di mamma ti mollerà con un sms. Sì, lo sappiamo che non si usano più ma ai suoi tempi sì e lei è ferma lì.

E mentre voi state insieme, la cara mamma si impegnerà anima e corpo a farti vivere un incubo degno di un film horror. E stai serena che per tutto il tempo in cui frequenterai il suo intelligentissimo, bellissimo, simpaticissimo, tutto issimo figlio, ti renderà la vita impossibile! E dimenticati pure l'anello con il brillante da due carati. La suoceraminkia, con il suo innato senso del risparmio, suggerirà al suo figlio benedettissimo di optare per quello delle sorprese degli ovetti di cioccolato. Tanto, secondo lei, ti lascerà presto, quindi perché mai sprecare soldi per una relazione non duratura?

Lei ha la faccia double face: è tanto suoceraminkia dell'odiata nuora quanto suocera e basta dell'amato genero. Insomma se non si è capito è quella minkiawoman che usa due pesi e due misure.

Diciamola tutta: è l'incarnazione vivente del concetto di ipocrisia; due facce e 50 sfumature di falsità. È la iena ridens per la fidanzata a tempo determinato del figlio, mentre per il compagno della figlia è una mamma acquisita, un'amica, una confidente.

Con te si trasforma in una serpe che aspetta il momento giusto per spruzzare il veleno mentre per il genero è un concentrato di amore materno, gentilezza e saggezza antica. Praticamente, una coach per la (sua) felicità.

Esempio pratico?

La scena del pranzo.

INT. CASA DELLA SUOCERAMINKIA - GIORNO.

Tu arrivi fresca e felice e lei ti squadra dalla testa ai piedi con un'accuratezza degna di un microscopio elettronico. Cerca il tuo difetto nascosto, il capello fuori posto, il sopracciglio asimmetrico. E intanto si sforza di sorridere mostrandoti ottomila denti rischiando quasi la paresi facciale da ictus nervoso. Annuncia di aver preparato il suo arrosto di maiale famoso in tutto il quartiere. Peccato che tu sia vegetariana. Ma va bene così: è il piatto preferito dal genero che di certo gradirà.

Del resto, è lui il VIP del tavolo. Come si fa a non riconoscere che è proprio una gentilissima padrona di casa?

Falsa come una banconota da 350 euro, una vipera rabbiosa, infida, furba come una volpe che non arriva all'uva, subdola, stratega peggiore di un personaggio cattivo della Disney. Lei è il boss finale, l'ultimo livello del videogioco "Rovina la Vita alla Nuora". Una che, a confronto, le streghe brasiliane esperte in bamboline Voodoo sembrano innocue suore di clausura. E allora cosa fare? L'unico escamotage è servirsi della strategia della disperazione: farsi il segno della croce, usare l'acquasantiera da borsa, recitare un "vade retro, Satana" al posto dei saluti di benvenuto e tenere a portata di mano il numero di un bravo esorcista.

Ma se la vendetta è un piatto che si serve freddo, il bello verrà dopo e senza preavviso.

Quando scoprirà che quei pesciolini tropicali così colorati e vivaci che le hai regalato per arricchire il suo acquario zen, il trionfo della sua sala relax, sono in realtà piranha travestiti da pesci luna forse, e dico forse, inizierà a domandarsi se la strada intrapresa con te sia stata davvero così saggia. Magari un piccolo dubbio le verrà.

E quando si accorgerà che quella graziosa piantina decorativa con le minuscole mele rosse, così insospettabile, la Mancinella di cui l'hai omaggiata il giorno del suo compleanno, è la regina delle piante velenose? Magari le si accenderà il cervello tutto ad un tratto. Del resto, si dice che ciò che semini, raccogli, no? Ad ogni modo, stai tranquilla e non farti assalire dai sensi di colpa. La suoceraminkia non corre alcun rischio per il semplice fatto che il tuo regalo floreale sarà stato lanciato direttamente nel bidone dell'umido senza passare dal Via, solo per il sacrosanto principio che sei tu ad averglielo donato.

E poi, diciamocelo, non è che ci siano pericoli veri: l'erba cattiva, si sa, non muore mai. E così anche la suoceraminkia.

ALERT: Organizziamoci, le perle con le perle, i porci con i porci.

PROTOTIPO N. 4

L'UOMOMINKIA NARCISISTA: Un fiore di plastica.

Nel manuale di sopravvivenza alla singletudine, non può mancare la sezione dedicata all'uomominkia narcisista. È il tipo che, se non fosse stato per un qualche intervento divino, avrebbe fatto invidia persino al più affascinante degli angeli caduti. Peccato che al posto dell'arcangelo, qui ci ritroviamo con un essere maligno che, più che dannato, è solo fastidiosamente convinto di essere il centro dell'universo. E non parliamo solo dell'esemplare bello, con il sorriso da paradiso in terra, ma anche di quello che, pur non essendo propriamente un Adone, riesce comunque a farsi desiderare con la stessa astuzia.

Questi individui marci sono la quintessenza della vanità, nati con una rara variante di "sindrome congenita dello stronzo" e con un'incredibile capacità di farsi ammirare non per intelligenza, ma per un mix di furbizia e arroganza. Sono membri del Minkiabrand e potrebbero anche sembrare affabili e affascinanti, se non fosse per il delirio di onnipotenza che li attraversa, tanto elevato da fare sorgere il dubbio che stiate parlando con un soggetto che è in piena fase euforica maniacale del disturbo bipolare di tipo uno.

L'uomominkia vanesio è, in apparenza, il principe azzurro che ogni donna sogna: galante, elegante, e con un sorriso che sembra promettere il paradiso. Ma dietro quella maschera da gentiluomo d'altri tempi si nasconde un minkiaman che non è capace di amare nessuno, nemmeno sé stesso. Il suo amore è sempre proiettato verso quell'entità informe e malvagia che si chiama "io", troppo grande per essere messo in discussione. Cresciuto probabilmente a pane e "Cerca di essere un tenero amante, ma fuori dal letto nessuna pietà", è un uomo segnato da una ferita narcisistica che difficilmente riuscirà a sanare. La causa? Probabilmente una madre manipolatrice che gli ha insegnato a giocare a chi comanda, più che a chi ama.

Guai a contraddirlo. È più permaloso di uno Scorpione ascendente Scorpione, e questo la dice lunga sulla sua insicurezza profonda. Ma attenzione, non ditegli mai una cosa simile. Potreste fargli accorgere della sua fragilità e, nel migliore dei casi, rischiereste di assistere a un attacco di nervi che gli potrebbe costare un malore improvviso, e nel peggiore dei casi vi manderà un messaggio su WhatsApp a tarda notte per raccontarvi che sta pensando a voi senza confessarvi, però, di non essere da solo in casa ma in compagnia della donnaminkia di turno che in quel preciso istante è andata un attimo in cucina a prendere due calici di vino e una bottiglia di rosso per brindare alla loro serata speciale.

La sua infedeltà è ormai una certezza che non ha bisogno di essere messa in discussione: sarà sempre in cerca della novità, che si tratti di un nuovo flirt o di una nuova avventura. E se avete la (s)fortuna di incontrarlo durante il periodo delle vendite stagionali, prendete appunti. Lo shopping potrebbe essere l'occasione perfetta per metterlo in vetrina, come una merce in saldo, e lasciarlo lì alla mercé della miglior offerente. Non è una questione di scelte, ma di opportunità.

L'unica via di salvezza, in questi casi, è la fuga. Sparire senza lasciare traccia. Il no contact è la tattica che gli farà più male, e che lo manderà al manicomio. Ma ricordate: sparire è l'unico modo per liberarsi di questo essere narcisista, egoista e, se vogliamo, pure patetico. Insomma, chiusa la pietosa parentesi, si riparte. Punto e a capo. E avanti un altro.

ALERT: Siamo spiacenti, l'uomo da lei desiderato è inesistente.

PROTOTIPO N. 5

L'uomominkia SCROCCONE: L'accattone Level Pro.

Nel Minkiabrand c'è una tipologia di uomominkia che si distingue per la sua unicità: lo scroccone. Un vero e proprio parassita umano, che si nutre della generosità altrui senza mai sborsare un centesimo, ma con la sicurezza di chi ha sempre diritto a tutto senza fare uno straccio di fatica. Il minkiofono scroccone è quel tipo di accattone che non ha bisogno di essere bello o intelligente, perché il suo unico talento è quello di saper sfruttare chi gli sta intorno con una spudoratezza che rasenta l'arte. Inutile soffermarsi sulla congenita mancanza di dignità che lo contraddistingue. Dovrebbe schifarsi guardandosi allo specchio e, invece, no perché è dotato di una faccia di bronzo che fa invidia alle sculture di Fidia.

Non parliamo di uno che si presenta con l'aspetto da "raga, vengo dalla palestra", che peraltro paga con i soldi che qualcuno gli ha prestato, né di uno che ha un profilo Instagram da 500 mila follower.

No, l'uomominkia scroccone è spesso quello che pur non essendo il top dell'estetica, ti fa credere di poter comunque offrire qualcosa di prezioso in cambio, ma, sorpresa! Non ha mai nulla da donare, se non un mucchio di scuse e promesse vuote. Il suo talento è l'arte di prendere senza dare, di entrare nella vita delle persone con la delicatezza di un ladro notturno, con la differenza che, invece di rubarti i gioielli ti sottrae il tempo, le energie e, se possibile, anche i soldi. Per non parlare del suo portafoglio, quell'aggeggio mitologico che quando arriva il conto al ristorante rammenta di aver dimenticato sul comodino della sua camera da letto e la cena la fa pagare a te, per la millesima volta. Roba da alzarsi con la scusa di andare alla toilette e darsi alla fuga, lasciandolo lì a lavare i piatti per due giorni consecutivi.

In un mondo ideale, il minkiaman scroccone sarebbe il personaggio che nella narrazione di un film verrebbe messo in una posizione di comicità involontaria. Ma nella realtà, l'unico a ridere è lui. Non ha problemi a mangiare gratis a casa degli amici, a farsi prestare il denaro senza nemmeno un briciolo di vergogna e senza pensare minimamente alla restituzione e se per caso gli capitasse di avere una relazione con qualcuno, è il primo a pretendere di non sborsare mai un euro. "Ma io sono un romanticone, voglio sorprenderla!", dirà, mentre invece ha solo letto il manuale di come usare l'effetto sorpresa per farsi invitare a pranzo.

Il suo comportamento è quasi sempre inconsapevole, non perché sia davvero ingenuo, ma perché è talmente abituato a vivere sulla pelle e sulle spalle degli altri da non capire nemmeno più il concetto di dare senza ricevere.

Cresciuto con la convinzione che l'affetto si compra a cambiali, ha sviluppato una specializzazione: la manipolazione affettiva. La sua tecnica è quella di farti sentire in colpa se non cedi alle sue richieste, e di convincerti che lui abbia un bisogno cruciale di tutto ciò che gli stai dando. "Ti sei dimenticata del nostro anniversario, amore? Eppure avevamo detto che dovevi fare una sorpresa!". In realtà, parlare di sorpresa è stato solo un pretesto per indurti a pensare che la relazione è fondata su un accordo non scritto: lui ha le sue necessità e tu, che hai i superpoteri, le realizzi.

Guai a contraddirlo, perché ha una resistenza alla critica che sfiora la paranoia. È il classico tipo che ripete fino alla nausea "ma come, non ti fidi di me?" e che si scaglia con veemenza contro ogni tentativo di mettere limiti al suo comportamento, quando non piagnucola facendo la vittima. Se, per caso, gli fai notare che sei stanca di pagare sempre tu il conto o di fargli da psicologa mentre ti racconta i suoi problemi, preparati a ricevere un sermone su quanto sia difficile la sua vita, e di quanto sia stata complicata la sua settimana e sul fatto che "comunque, la colpa è sempre degli altri".

L'infedeltà dell'uomo scroccone è una costante. Non perché sia un Casanova incallito, ma perché la sua mente è sempre alla ricerca di nuove opportunità. Un po' come un cagnolino che corre dietro a qualsiasi pallina gli venga lanciata, ma senza mai fermarsi a riflettere su chi gli sta facendo il favore. È il tipo che sparisce nel nulla quando c'è da impegnarsi, ma quando la situazione si fa più facile, magari per una cena offerta o una vacanza pagata, ecco che il parassita riappare con l'abilità di chi sa approfittare della disponibilità altrui senza provare alcun sentimento di vergogna.

Come liberarsene? La risposta è semplice: bloccarlo ovunque. Non dovrà avere la possibilità di rintracciarvi al telefono o per messaggio. Chiudere qualsiasi forma di contatto è la via più rapida per ritrovare la pace e salvaguardare il conto in banca.

Non fargli nemmeno l'onore di spiegargli nulla, perché tanto non capirà mai. Lascia che si arrampichi sugli specchi da solo e scivoli, mentre tu semplicemente ti allontani e ti concentri su chi davvero merita il tuo tempo e la tua energia.

In definitiva: sparisci, e ricomincia a vivere come se quel miserabile uomominkia non avesse mai fatto parte della tua esistenza. È solo un meschino esponente del Minkiabrand, una sanguisuga la cui funzione è proprio quella di prosciugarti non solo le energie, un vile che si nutre delle tue vibrazioni positive senza mai restituire nulla se non la sua negatività. E se ti stai chiedendo quale sia il modo per liberartene definitivamente, ti consiglio di schiacciarlo, senza esitazione, come uno scarafaggio. Nessuno ne sentirà la mancanza, puoi contarci.

ALERT: Ma perché vi spacciate per persone normali? Dovrebbero denunciarvi per truffa!

RISPOSTE TATTICHE DA DARE
ALL'UOMOMINKIA

UOMOMINKIA - Brindiamo alla nostra conoscenza?

DONNA - Con l'acqua santa?

UOMOMINKIA - Mi manchi.

DONNA - Ti passerà.

UOMOMINKIA - Ho casa libera

DONNA - Affittala

UOMOMINKIA - Perché ci siamo lasciati?

DONNA - Per fortuna!

UOMOMINKIA - Chiedimi tutto ciò che vuoi.

DONNA - Hai portato la cartella clinica?

UOMOMINKIA - Cosa facciamo a San Valentino?

DONNA - Tu non lo so, io la peperonata.

PROTOTIPO N. 6

L'UOMOMINKIA ETERNO DELUSO: Il campione mondiale di lamenti

Quello che si presenta subito con il cartello "work in progress" ben stampato in fronte, dicendoti, neanche troppo velatamente, che non è pronto per una storia.

L'uomominkia di questa categoria ha un'età elastica, dai 15 ai 155 anni: un'ampia finestra temporale in cui ha potuto fare tutto. Dalla scuola dell'obbligo alle convivenze, passando per matrimoni falliti, assegni di mantenimento, serate nei locali a divorzi appena consumati, fino alla fidanzatina attuale per sentirsi ancora giovane. Poi arriva al punto di spegnere la sua ultima candelina, l'ennesima, sbuffare per il tempo che passa e proclamarsi drammaticamente deluso dalle donne.

Che la vita sia un palcoscenico lo sappiamo, e anche che ognuno recita il proprio ruolo. Ma certe tragicommedie sono francamente insopportabili. Anche perché, ammettiamolo, questo eterno deluso non solo continua a farsi i fatti suoi, ma è sempre lui il primo a cercarti per riproporsi con la stessa grazia di una peperonata alle due di notte.

E può capitare che ti inviti ad uscire, regalandoti una serata che inizia perfettamente: un tagliere divino di salumi e formaggi, il pecorino che si sposa con la marmellata di cipolle rosse, il culatello che quasi ti commuove, il Pata Negra che parla da solo. Aggiungi fichi, uva, noci e una bottiglia di bollicine. Il tutto condito da sorrisi complici, passeggiate mano nella mano e una leggerezza che quasi ti sorprende. Sembrerebbe un appuntamento nato sotto i migliori auspici ma poi arriva il momento del saluto, quello dove potrebbe semplicemente dire che ti chiamerà appena arrivi a casa. E, invece, no. Lui, col piglio del protagonista mancato, spara la frase cult: "Non so cosa ti aspetti, ma io ho appena chiuso una storia importante. Non sono pronto per una relazione seria, le donne sono tutte bugiarde, non posso permettermi di soffrire di nuovo devo prendermi del tempo per superare la delusione."

E a quel punto il tuo sorriso si tramuta in una forma di disgusto e lo guardi schifata. Sarebbe il caso di rispondergli con un bel: "Ma chi ti ha chiesto niente!". In questi casi, il copione ti impone di ridergli in faccia. Perché in quel momento, caro eterno deluso, hai raggiunto il tuo apice: sei tragicomico al punto giusto, come un B movie che nessuno vorrebbe mai rivedere.

Ma diciamocelo, risparmierebbe tempo a tutti se a questi appuntamenti inutili si presentasse con un grande cartello appeso al collo con su scritto "Sono un bluff". E, invece, no. Va in giro a lamentarsi della sua vita deludente, ammorbando la gente. Per fortuna, però, la commedia finisce. Buio, sipario e applausi di circostanza.

ALERT: Sembrava pazzo di me, era pazzo di suo.

PROTOTIPO N. 7

L'UOMOMINKIA FINTO INDECISO: "La 1, la 2 o la 3"?

L'uomominkia indeciso tra più donne è un'altra variazione sul tema, un sottogenere che merita un capitolo a sé nel grande manuale del "Come fare danni emotivi senza sforzo". È quello che ti scruta con aria da tombeur de famme, che poi è lo stesso sguardo che avrà riservato ad altre mille prima di te, e ti dice: *"Devi capirmi, non ho nessuna intenzione di ferirti, sono solo un po' confuso. Sto cercando di comprendere cosa voglio davvero in questo periodo difficile. Sai, esco da una situazione pesante, vorrei un po' di leggerezza, so che puoi capirmi. Ci tengo a te, davvero, devi credermi"*.

Tradotto, suona più o meno così: "Di te mi importa quanto della data di scadenza del latte nel frigo dell'inquilino del 7 piano, ma pensi che te lo dirò in faccia? Figuriamoci! Ti sto solo servendo il mio miglior spettacolo da illusionista, giusto per prendere tempo mentre leggo attentamente il *menù degustazione* delle opzioni disponibili. E intanto faccio il turista sentimentale: un po' di giorni con te, un po' con un'altra, et voilà, ho l'agenda piena e l'ego che esplode. Non chiamatelo egoista, è solo un investitore affettivo diversificato!

L'uomominkia poliglotta del cuore non ha un'età precisa, no. Potrebbe essere il trentenne ancora indeciso tra l'andare a vivere da solo o il continuare a farsi lavare i calzini da mammà, o il cinquantenne divorziato che ha scoperto Tinder e pensa di essere il Brad Pitt del quartiere. La sua unica costante è la capacità innata di creare caos: tra cuori, agende e chat di WhatsApp che sembrano l'elenco telefonico di una città di medie dimensioni.

Il nostro uomominkia indeciso si presenta sempre con un vago sentore di fascino misterioso, uno che sembra promettere mondi nuovi e avventure mai vissute. E tu, illusa, ci caschi perché all'inizio è tutto un fuoco d'artificio: cene da sogno in riva al mare, viaggi verso luoghi romantici, passeggiate interminabili, messaggi che ti fanno credere di essere speciale. Fino a quando, un giorno, non si tradisce.

Magari è un like di troppo su una foto che non dovrebbe esserci. Magari è quel messaggio letto a metà, una notifica che squilla mentre sei con lui: un nome ambiguo, un cuore che non è per te o, peggio, un messaggio indirizzato ad un'altra che per errore arriva dritto sulla tua chat! E tu, che non volevi essere paranoica, ti ritrovi a diventare detective per legittima difesa. E scopri che non sei tu a essere la protagonista di questa tragicommedia sentimentale. No, cara mia, siete almeno in tre. Lui, ovviamente, è il regista, lo sceneggiatore ma anche l'attore principale dello psicodramma. Le altre? Semplici comparse. O così crede lui, l'uomominkia convinto di essere furbo.

Quando finalmente decidi di affrontarlo, con quella rabbia da passerotto mannaro che sembra uscito da un film horror low budget e l'ultimo briciolo di dignità che non sei ancora riuscita a sacrificare sull'altare della pazienza, lui ti guarda con l'espressione di chi ha appena scoperto che la Terra è piatta. A quel punto, parte la sua personalissima interpretazione di un dramma Shakespeariano, versione hard discount, condito con le solite battute di repertorio. Tra queste spicca la sua preferita, un evergreen intramontabile: "Non voglio ferirti, ma non sono pronto a scegliere tra te e le altre. Ho bisogno di tempo per pensare, per questo vi sto frequentando tutte. Ma tu non puoi capire!!!"

E in quell'istante hai due scelte, come in uno stacco cinematografico.

Opzione uno, versione dramma comico. Ti trasformi da creatura ferita a Gennarino Carundrio in "Travolti da un insolito destino nell'azzurro mare d'agosto", peccato che il mare sia sostituito dalla faccia del minkiaman pensatore. E, con l'energia vocale di un'arpia da concerto rock, gli urli in faccia ciò che merita, tipo: "Brutto fituso carugnone!" Un momento catartico, certo, ma ammettiamolo, in quel momento un po' di *vibe* da donnaminkia resta appiccicata addosso pure a te. Ma si sa, nel teatro della vita ognuno recita il suo ruolo, no?

Opzione due, la versione zen che nessuno sa come gestire. Rimani in silenzio. Ammutolita, non tanto per saggezza, ma perché l'uomominkia indeciso è riuscito nell'impresa titanica di prosciugare anche la tua capacità di arrabbiarti. Ti alzi e te ne vai, lasciandolo lì con il suo ego gonfio come un palloncino di elio e la sua confusione che non è altro che un alibi di lusso.

Dentro di te, però, fai un giuramento solenne: non accadrà mai più. Indossi il vestito della dignità, che per fortuna ti calza sempre a pennello, e ti allontani dalla scena senza voltarti indietro. Perché diciamocelo, l'uomominkia finto indeciso non va capito, né salvato, né educato. Va lasciato lì, dov'è, ad essere il "work in progress" che non lavorerà mai su niente. Fine dello show. Nessun applauso, solo fischi, rigorosamente meritati. E non dimenticarti di cancellarlo da tutti i social. Le disgrazie si ripropongono come l'aglio. Non sia mai.

ALERT: Moriremo senza sapere cosa è andato storto dopo l'asilo.

PROTOTIPO N. 8

L'UOMOMINKIA GENTILUOMO: Il Trionfo dell'Assurdo in Armatura Lucida

Se pensavate che l'uomominkia narcisista fosse l'apice del disagio esistenziale, preparatevi a conoscere un nuovo prototipo di minkiaman con l'armatura 2.0: l'uomominkia gentiluomo. Un misto esplosivo tra Re Artù in preda al delirio e un Principe Azzurro con la mantellina troppo stretta e il colore sbiadito tendente al celeste. È l'eroe che nessuno ha mai chiesto, ma che tutti si ritrovano a combattere almeno una volta nella vita.

L'uomominkia di questa specie si presenta con un aplomb degno di un protagonista degli sceneggiati degli anni '70, ma appena apre bocca capisci subito che al posto dei dialoghi ben scritti dagli sceneggiatori, sta recitando un episodio malriuscito di una telenovela sudamericana. La sua armatura? Un profilo Instagram curato come una galleria d'arte contemporanea, con foto in bianco e nero per aumentare il carisma e il sintomatico mistero e citazioni profonde non sue, ovviamente, ma rigorosamente copiate dai bigliettini che si trovano dentro gli cioccolatini.

Non c'è dubbio: l'uomominkia gentiluomo fasullo, paladino dallo specchio lucente si crede l'incarnazione della nobiltà d'animo. Ogni gesto è studiato per impressionare la donzella di turno, ogni parola è cesellata come se fosse destinata ad entrare in un manuale di retorica rinascimentale. Peccato che, sotto la patina da salvatore, si nasconda uno psicolabile alla ricerca di approvazione. Il suo scopo non è salvare la damigella in pericolo, ma assicurarsi che tutti la vedano piangere ai suoi piedi mentre lui posa eroicamente con lo sfondo di un tramonto creato con l'intelligenza artificiale.

Attenzione: se lo incontrate, non fatevi ingannare dai suoi discorsi su valori, lealtà e amore eterno. È tutto un diversivo per distrarvi dal fatto che nel frattempo sta cercando di aggiornare Tinder sotto il tavolo.

Questo esponente di minkiolandia non brandisce la spada per difendere la giustizia, ma per alimentare il suo ego smisurato. Ogni complimento che riceve è come un colpo di spugna sulla sua armatura, mentre ogni critica si traduce in un dramma raccontato in greco antico. Guai a fargli notare che la sua presunta umiltà è più falsa di una moneta da cinque euro perché vi fulminerà con uno sguardo carico di indignazione, come se aveste insultato il suo casato immaginario.

E poi c'è la sua relazione con le donne, che più che un torneo cavalleresco sembra una partita a Risiko: piena di strategie subdole e continui tradimenti. Con una mano vi offre fiori e cioccolatini, con l'altra tiene in caldo la chat con l'amica del cuore che "è solo una sorella, giuro". Ma non temete, se lo sorprenderete con le mani nel sacco. La sua capacità di inventare scuse creative è paragonabile solo alla sua sfacciataggine.

L'unico modo per salvarvi da questa farsa nobiliare? Il solito infallibile blocco multipiattaforma: WhatsApp, social, piccioni viaggiatori, segnali di fumo. Sparite, lasciando che il suo ego si smonti come un castello di carte al primo soffio di vento.

E ricordate: l'uomominkia nobiluomo non è qui per salvarvi, ma per ampliare la sua gloriosa collezione di trofei sentimentali, da esporre con orgoglio accanto alla medaglia al valore per scuse finte come il suo stemma araldico.

Quindi, lasciatelo pure alla sua epica battaglia contro le serrande arrugginite del garage che si rifiutano di aprirsi per un banale difetto di avviamento mentre lui, imprigionato nel suo bolide di latta, chatta con delle sconosciute inviando messaggi più teatrali di una soap opera degli anni '80.

Nel frattempo, abbandonato il nobile fasullo al suo destino da adescatore sfigato, siamo già tornate in pista, più pronte che mai: lancia in resta, ironia a profusione, autostima ben salda e, perché no, una corazza emotiva degna di un'eroina medievale ma a prova di nobiluomo caduto in disgrazia. Perché, ragazze, ammettiamolo: il duello più epico è quello che scegliamo di evitare con un elegante alzata di spalle. E indovinate un po', questa è la vera vittoria.

ALERT: Ogni mattina, quando ti svegli, ricordati che dovrai correre più veloce del caso umano che ti sta inseguendo.

PROTOTIPO N. 9

L'UOMOMINKIA MASCHERATO

In questa categoria con la maschera che non ha nulla a che fare con i travestimenti di Halloween e di Carnevale, il prestigioso Minkiabrand offre una vasta gamma di sottogruppi, ognuno più esilarante (o tragico) dell'altro, dove i nostri amati minkiofoni possono specchiarsi e riconoscersi con orgoglio. E voi, care mie, potrete finalmente dare un nome alle vostre disgrazie. Accomodatevi, rilassatevi e cercate di focalizzare l'attenzione: riuscite a scorgere le sembianze di qualcuno tra le diverse sottospecie rappresentate dai quattro esponenti di questo genere?
A voi la scelta tra *il Filosofo da discount, il Don Giovanni del quartiere, il Mastro Kintsugi da Bar e il Cavaliere dei giochi da tavolo.*

SITUAZIONE SENTIMENTALE: Gesù cristo, ma cosa ti ho fatto di male?

1) IL FILOSOFO DA DISCOUNT

Non ha nulla a che vedere con Socrate, anche se spesso si atteggia come se avesse un abbonamento premium all'Oracolo di Delfi. La sua saggezza è direttamente proporzionale al tempo passato su Wikipedia ma attenzione, legge solo la sezione curiosità inutili. Si sveglia al mattino con l'intenzione di rivoluzionare il mondo, ma alla fine l'unica rivoluzione che riesce a portare a termine è quella del cucchiaino che fa girare vorticosamente dentro al caffè.

Si proclama nemico del sistema, ma non è chiaro quale, dato che passa le giornate a ordinare cose su Amazon. Il suo arsenale retorico? Citazioni scopiazzate qua e là, tipo "Carpe Diem" usato per giustificare un ritardo di tre ore o "Memento Mori" quando dimentica le chiavi di casa.

"Donneeeeee, ecco il filosofo da discount!" Esordisce con una voce impostata, portando in dono il nulla cosmico, avvolto in carta regalo riciclata dall'anno scorso. È convinto di avere una profondità che farebbe invidia a Dostoevskij, ma la realtà è che non riesce nemmeno a superare il livello di abisso di una pozzanghera dopo la pioggia. Donneeeeee, è arrivato il filosofo da discount!. Al primo appuntamento non parla con te, perché sarebbe troppo banale, il minkiaman preferisce intrattenere il cameriere con un sermone infinito tratto dalla *Critica della Ragion Pura* e quando finalmente ordina, ecco il colpo di scena: una carbonara senza glutine. Lo chef, manco a dirlo, perde tutte le sue stelle e forse anche la voglia di vivere. Tu, nel frattempo, sei lì, seduta come un ologramma griffato che tenta disperatamente di inserirsi nella conversazione, ma niente: il minkiaman filosofo è impermeabile alla tua esistenza.

Così, non ti resta che bere. Nel frattempo, lui passa a decantare le due uova al tegamino come fossero caviale Beluga, sfoderando una dissertazione sul metodo di sbattimento giapponese che nemmeno Cracco oserebbe. Non capirai mai se le sue sparate siano vere o meno, ma alla fine, chi se ne frega? L'uomominkia è ormai lanciato sulla tangenziale dei suoi deliri logorroici, ignorando i tuoi sbadigli così profondi che potresti finire direttamente in un buco nero con il prossimo.

Quando arriva il conto, lo fissa con la dedizione di un archeologo davanti a una stele egizia, scrutandolo come se il font scelto nascondesse il segreto dell'universo. La scena è talmente surreale che persino il cameriere smette di sparecchiare per osservarlo con compassione. Filosofia applicata al POS, perché anche gli scontrini meritano una dissertazione degna di un simposio.

Ma il vero capolavoro di filosofia estetica, fisica e metafisica arriva con il caffè. "Un corretto, ma corretto davvero," proclama con aria severa, come se il barista avesse appena attentato alla sacralità del rapporto tra alcol e caffeina. E tu, ormai vicina al coma esistenziale quasi ridotta a un vegetale con un residuo di dignità, capisci che l'unica via di fuga è lasciarlo lì, incastrato nel suo universo di parole e bevande insoddisfacenti.

Attenzione però: se, contro ogni logica e istinto di sopravvivenza, decidi di concedere all'uomominkia una seconda chance, sappi che i minkiofoni filosofi non hanno una politica di reso. Una volta preso al discount sotto casa, è tuo per sempre.

2) IL DON GIOVANNI DEL QUARTIERE

E, poi, c'è lui: il minkiaman che guarda le donne con l'aria di chi crede di essere irresistibile, ma ha lo stesso magnetismo di una calamita rotta. "Non so cosa mi succede con te!" dice con la stessa convinzione di chi recita una poesia imparata male alle elementari. Aggiunge poi un "Ti trovo speciale" che, nella sua testa, dovrebbe suonare come una dichiarazione d'amore, ma in realtà è solo un copia e incolla inviato ad altre cinque tipe speciali nella chat di gruppo.

Porta in dono rose comprate al semaforo, convinto che siano l'arma definitiva per conquistare, mentre dietro la schiena tiene nascosto l'elenco delle scuse pronte per quando verrà smascherato. Perché sì, care amiche, il Don Giovanni di quartiere è un esperto di *damage control*.

Ogni mattina, alle 9:00 precise, il nostro minkiaeroe digitale si cimenta nella sua grande opera d'arte, il messaggio del buongiorno. Ma attenzione, niente di personalizzato, troppo mainstream. Il suo stile? Il copia e incolla del messaggio broadcast ciclostilato del giorno prima, spedito a tappeto a tutte le anime illuse che ancora lo sopportano. Una notifica, un sogno spezzato.

Lui si sente irresistibile, e perché non dovrebbe? Dopotutto, una volta ha partecipato a un reality sul glorioso canale 153 di Tele Sguattera. Peccato che, appena apre bocca, il suo unico effetto speciale sia una dentatura in malocclusione disperata, roba che grida pietà e un appuntamento urgente dal dentista. Ecco il vero motivo per cui non sorride mai: non è fascino misterioso, sono i denti che giocano a Twister.

Questa sottospecie di minkiofono ti cerca ossessivamente per giorni, quasi fossi la protagonista di un film romantico. Poi fa la magia; puff, sparisce per ore. Il motivo? È impegnato a recitare lo stesso copione stantio alla sventurata incontrata al pub la sera prima. Dialoghi riciclati, zero variazioni sul tema. Non sia mai che cambi una virgola e si incasini con le sue stesse bugie.

In definitiva, più che un Don Giovanni, assomiglia al Don Sfigato del quartiere, ma non farglielo notare. Potrebbe scoppiare in lacrime, e tu sai bene che un mascara sbavato su una faccia così non migliorerebbe la situazione.

3) IL MASTRO KINTSUGI DA BAR

È lui, il minkiofono genietto che riesce a trasformare qualsiasi relazione in un campo minato degno del migliore stratega della disfatta. Lo riconosci subito: è quello che ti fa credere di camminare su una strada lastricata di petali di rosa, ma in realtà sono schegge di vetro colorate da un bicchiere rotto da lui, ovviamente.

Ogni sua mossa è una detonazione, e quando i pezzi volano dappertutto, eccolo arrivare, tutto contrito, con la sua infallibile teoria giapponese del *Kintsugi*, il riparare con l'oro. Ah, peccato però che il massimo della preziosità a sua disposizione sia il biglietto del bus scaduto e una moneta da un centesimo fuori produzione che tiene per dare un tocco vintage al portafoglio vuoto.

"Tutto si può aggiustare, amore!" proclama con aria solenne, come un guru da mercatino di quartiere che ha letto tre citazioni motivazionali su Instagram e ora si sente in grado di insegnarti l'arte di vivere. Nel frattempo, raccoglie i cocci della sua credibilità e cerca di incollarli con lo sputo, che lui chiama affettuosamente adesivo universale.

Il problema del nostro Mastro Kintsugi da Bar è che non ha capito un piccolo dettaglio: per riparare qualcosa con l'oro, devi almeno avere un oggetto di valore da iniziare ad incollare. Ma lui non si perde d'animo. Anzi, con un sorriso da finto santone, ti guarda negli occhi e ti dice: "Le crepe rendono le cose più belle." Sì, certo, peccato che quelle crepe siano state causate dal suo atteggiamento da uomominkia tornado con l'anima di un ventilatore da terra guasto.

Questo esemplare mitologico di uomominkia è anche il genio della scusa quando il risultato dell'incollaggio non è esattamente brillante. I cocci rotti e incollati rimangono pur sempre cocci rotti, e anche se la relazione continua a fare acqua da tutte le parti, lui ha sempre pronta una scusa: "Non sono io, è il destino!" Oppure: "Sono troppo sensibile, il mondo non mi capisce!".

Certo, il mondo non ti capisce, e nemmeno il Kintsugi, ma non lasciarti abbattere, caro uomominkia, c'è sempre il Patafix!

L'epilogo di una frequentazione con questo tipo di esponente del Minkiabrand è spesso chiaro sin dall'inizio: il minkiaman Mastro Kintsugi da Bar proseguirà la sua carriera di distruttore seriale e riparatore improbabile, lasciando dietro di sé una scia di crepe, sputi e teorie mal digerite.

Se lo vedete arrivare da lontano all'urlo di "Donneeeeee, sono qui per aggiustare i vostri cuori spezzati!" con il suo sorriso da falso saggio e la maschera da "uomo tutto d'un pezzo", non esitate: strappategli via il camuffamento e rivelate la sua vera faccia da "sono sei mesi che non pago la palestra" e lasciatelo cadere a terra. Tanto, ne ordinerà un altro su Amazon, giusto in tempo per il prossimo capitolo della sua tragicommedia personale.

Poi voltatevi e iniziate a correre per evitare che vi rifili l'ennesima lezione di filosofia spicciola su quanto siano belle le crepe.

Sappiamo bene che il suo vero obiettivo è passare il tempo tra una crisi esistenziale e l'altra, giusto per sentirsi vivo. Care mie, adesso lo avete capito che quello che è frantumato è meglio lasciarlo rotto?

ALERT: Prevenire è meglio ma per sicurezza fatevi curare.

4) IL CAVALIERE DEI GIOCHI DA TAVOLO

Nel Minkiabran non poteva mancare quest'altro esemplare mitologico di uomominkia, quello che non ha nulla a che vedere con i Cavalieri dello Zodiaco, sebbene la sua spada di plastica con luci LED e la posa da eroe tragico cerchino disperatamente di suggerire il contrario. Apparire come non si è gli provoca un brivido esaltante, un'esperienza adrenalinica che, per lui, equivale a scendere dal divano dopo tre ore di binge-watching. Questo esemplare di uomominkia si sveglia al mattino con idee geniali a cui crede solo lui, visioni degne di un viaggiatore di terza classe del Titanic, ma alla fine l'unica cosa che accende è lo schermo del telefono. Si sente in grado di spaccare il mondo in due, ma l'unica cosa che riesce davvero a distruggere è la pazienza altrui. Non teme nulla, tranne le bollette del gas, i confronti diretti con le persone intelligenti e i sentimenti autentici che non gli appartengono.

Armato di un coraggio da leone di peluche, salta sul cavallo delle giostre sotto casa con la stessa enfasi di un condottiero medievale, ignorando completamente il limite di peso. Si tatua sul petto il nome d'arte "Riccardo Cuor di Leone" ma con i trasferelli e sbaglia pure felino disegnandosi un gattino che fa le fusa. Poco importa, perché il minkiofono lo esibisce con orgoglio, declamando frasi dense di significato con l'enfasi di un Censore. Peccato che la disciplina morale di Catone sia rimasta nei libri di storia, mentre lui vive nella sua personale epoca del caos. La sua arma segreta? I vocali chilometrici. Non uno, non due, ma intere trilogie audio che nemmeno *Il Signore degli Anelli*. Li usa per convincere sé stesso, e forse anche qualche ignara Lady, che ogni sillaba uscita dalla sua bocca sia un concentrato di saggezza e purezza d'animo. Come no! Peccato che, mentre lui recita versi da poeta mancato, tutto ciò che riesce a suscitare è un bisogno urgente di premere archivia chat e blocca contatto.

Ma il vero capolavoro del Cavaliere dei Giochi da Tavolo di Camelot è la sua maschera, stile *Masked Rider*. Un po' strettina, a dirla tutta, e forse è proprio quella che gli riduce l'apporto di ossigeno al cervello, spiegando così la sua incapacità di fare connessioni logiche o di riconoscere che sta navigando a vele spiegate verso il ridicolo. Altrimenti non si capiscono gli atteggiamenti incoerenti e privi di logica.

Eppure, lui è lì, saldo sul suo destriero, un monopattino elettrico mezzo scarico e senza assicurazione, pronto a lanciarsi nell'ennesima avventura immaginaria.

E noi, spettatrici impotenti, non possiamo fare altro che osservare e pensare: "Forse è il caso di nascondere i dadi e il tabellone prima che il minkiaman ricominci un'altra partita persa in partenza.".

Donneeeeee è arrivato l'uomominkia mascherato! Aggiusta cuori infranti per poi distruggerli di nuovo. Questo è. "Donneeeeee è arrivato il cavaliere mascherato a raccontarvi due nuove stronzate gratis!" che poi, parliamoci chiaro, servono più a lui, a vivacizzargli la vita giunta al livello piatto del tracciato, ma il minkiofono non lo confesserà nemmeno sotto tortura, piuttosto inventerà qualche altra storiella da libro cuore per intenerire la Miss Crocerossina del momento. "Donneeeeeeee è arrivato il cavaliere mascherato!". Lo si vede arrivare dal lontano in sella alla minkiacar, portando in dono rose o altri minkiafiori e la voglia di provare il batticuore alla sua non più tenera età. Compie e porta a termine, per l'ennesima volta, il solito rituale da interprete esperto in frottole impanate e fritte. Indossa la maschera del Lord come se questo bastasse a conferirgli il titolo nobiliare nella vita e non esclusivamente su un palco. "Non capisco più niente quando sono con te!", "Sono completamente fuori controllo!", "Credo di amarti!" e altre minkiate di repertorio.

Un minkiaman di tale fatta si riconosce a chilometri di distanza, anche se cerca disperatamente di mimetizzarsi. È lui, il *Don Juan de noantri*, quello con l'espressione fintamente timida che non cela un'anima profonda, ma una sociopatia in saldo. Si tatua "Stay hungry, stay foolish" sulla fronte con un'audacia che svanisce al ricevimento della comunicazione dell'agenzia delle entrate che gli intima di pagare entro dieci giorni i bolli auto degli ultimi cinque anni in unica soluzione, trasformando il suo coraggio in ansia per le rate arretrate.

Non aspettatevi grandi doti artistiche, però: al cinema non passerebbe nemmeno i casting per fare la comparsa. Troppo evidente che recitare non è il suo mestiere. In compenso, la maschera non se la leva mai, neanche per dormire, perché gli serve per svegliarsi senza occhiaie. Che tradotto suona così: per nascondere le borse delle sue notti insonni passate a stalkerare le sue vittime su Instagram.

E se una donna particolarmente intuitiva e dotata di intelligenza sopra la media osasse strappargli la maschera? Panico? Vergogna? Macché! Nessun problema. La sostituirebbe all'istante con una nuova, magari comprata dai cinesi a 1 euro, valore che combacia con il suo da minkiaman.

Insomma, un mix perfetto di presunzione e inutilità. Ma attenzione. Questo Don Juan low-cost sa come moltiplicarsi. Persa una vittima, ne trova subito un'altra, pronta ad applaudire il suo spettacolo tragicomico. Alla fine, il vero talento è il suo, quello di riuscire a non capire mai quanto poco valga la sua performance.

ALERT: Al primo ciao mica l'avevo capito che avrei dovuto chiederti la cartella clinica!

PROTOTIPO N. 10

L'UOMOMINKIA SENTIMENTALMENTE INSTABILE: Il putto in bilico

Ovvero, un caso umano con la capacità di trasformare ogni relazione in un dramma da premio Oscar.

Anche questo prototipo, ahimé, non è nient'altro che un florilegio di sottospecie di uomominkia. In questa categoria confluiscono esemplari mitologici patetici e dannosi. C'è l'*innamorato cronico*, che cambia musa ispiratrice con la stessa frequenza con cui cambi le lenzuola, sempre che le cambi! Appartiene alla variante *"amo ogni settimana una tipa diversa perché da solo non so stare"*, una specie che vive di una costante paura del vuoto, tipo quella che provi quando scopri che hai finito le sigarette. Poi c'è suo cugino di secondo grado, l'*innamorato psyco*, un maestro del ritorno sul luogo del delitto. Sparisce per mesi, giusto il tempo di farti respirare, e poi ricompare con la delicatezza di un uragano, convinto che tu stia aspettando il suo ritorno come il sequel di un film che attendevi da due anni. In ultimo abbiamo anche l'*innamorato fantasma*, quello che pratica il ghosting come stile di vita e non si farà mai più ritrovare nonostante gli appelli lanciati dall'esperta conduttrice di "Chi l'ha visto".

Dietro queste sottospecie di minkiofoni si nasconde sempre un disagio interno irrisolto, una forma di malessere che non è mai stato affrontato davvero, preferendo invece riversarlo sulle malcapitate incrociate su Tinder. E no, non illuderti che una rapida analisi possa ridurre il tutto a un caso isolato: i problemi che tormentano questo tipo di uomominkia sono numerosi, intricati, e formano un vero e proprio catalogo del disagio umano.

Il problema reale è che questi casi unmani non sono sempre riconoscibili al primo sguardo, perché possiedono quella maledetta qualità di saper indossare la maschera in silicone che si modella perfettamente sul loro volto, almeno per i primi tre giorni. Sorrisi timidi, frasi giuste, attenzioni millimetriche, e tu quasi ti convinci che siano uominiminkia normali. Poi, come da copione, il disagio fa capolino, palesando tutta la gravità della sua patologia. Ed è lì che il teatrino ha inizio: sceneggiate, ripensamenti, sparizioni strategiche e rientri drammatici, il tutto condito da un pathos che nemmeno nelle peggiori soap opere turche. Ma tranquilla, nel loro copione c'è sempre spazio per un colpo di scena che non ti aspetti, o forse sì.

1) L'INNAMORATO CRONICO

Ed ecco qui l'illustre rappresentante di *Minkiolandia* con gli occhi a cuore, noto per sfilare sul red carpet del corridoio di casa sua con la sicurezza di un modello di alta moda ma con le intenzioni di un venditore porta a porta. Questa specie di minkiaman è quello del "*Passo a prenderti alle 21 e andiamo in un ristorante che adoro. Ho preferito prenotare facendomi riservare il tavolo vista giardino perché questa è la nostra prima cena e ci tengo particolarmente.*"

Romantico, vero? Peccato che dietro questo show da manuale si celi l'anima del perfetto uomominkia falso come una banconota da 6 euro.

Ti viene a prendere a bordo del suo bolide grigio antracite del valore di 150.000 euro, con interni in pelle rossa e volante sportivo multifunzione, perché l'apparenza è tutto. Al polso un orologio in oro rosa fresco di ricarica nella scatola del tempo e che, all'occorrenza, prepara pure il caffè. Attento e impeccabile, questo esemplare di uomominkia è un predatore pericoloso:

utilizza la sua astuzia per aggirare qualsiasi ostacolo emotivo, fissandoti negli occhi con uno sguardo che promette un'esclusività finta quanto una borsa acquistata al mercato parallelo.

Il nostro eroe monopalla ci prova con chiunque, senza distinzioni e se oggi ha scelto te, non illuderti, non sei speciale, sei solo l'ennesima tappa del suo *tour de force* sentimentale. Si proclama innamorato dopo due giorni, esaltandosi in un crescendo di messaggi invadenti che vanno dal classico "Buongiorno tesoro" al surreale "Tuo padre per caso faceva il ladro? Perché ha rubato due stelle e te le ha messe al posto degli occhi!. Domande imbarazzanti e bugie talmente spudorate che farebbero arrossire persino Pinocchio al Carnevale di Venezia.

Non mancano le minacce velate, del tipo: "Ti voglio far conoscere tutti i miei parenti, anche i figli dei cugini di sesto grado" perché, a quanto pare, lui misura l'amore in alberi genealogici. Ma non temere, il suo entusiasmo evaporerà con la stessa rapidità con cui si è manifestato e dopo quattro settimane, sarai depennata dai suoi contatti e sostituita con la prossima sventurata adescata su Facebook.

E qui entra in gioco il tuo *plot twist*: anticipalo!

Dichiarati campionessa olimpionica di lancio dell'uomominkia; afferralo con la grazia erculea che ti contraddistingue e fallo volare lontano, fuori dalla tua vita. Poi, con un sorriso trionfante, sali sul gradino più alto del podio e ritira la medaglia d'oro che ti spetta di diritto.

E mi raccomando, quando inevitabilmente tornerà perché, spoiler alert, sì che tornerà con quel suo "*Mi manchi*" scritto come se niente fosse dopo due mesi, sfodera il tuo asso nella manica: un glaciale e chirurgico "*Ti passerà.*" Una risposta breve, ma più efficace di un colpo di scena in una serie Prime.

E subito dopo senza esitazioni, procedi a bloccarlo ovunque: WhatsApp, Instagram, Facebook, Threads e tutto il cucuzzaro. Così, mentre lui starà ancora cercando di decifrare la tua risposta, tu avrai già archiviato il caso umano come una professionista che non perde tempo con repliche da manuale del dramma.

La rassegna del malessere continua con il cugino di secondo grado dell'innamorato cronico disagiato del cuore, ovvero lui:

2) L'INNAMORATO PSYCO

Il vero fuoriclasse del *come back*. Lui non conosce mezze misure: un giorno ti promette di chiamarti più tardi e il giorno dopo si trasforma in Houdini e sparisce nel nulla. O meglio, sparisce per mesi, giusto il tempo di farsi una nuova storiella con la ventenne incontrata mentre tu eri via in viaggio di lavoro e lui ti inoltrava messaggi dichiarandosi pazzo di te. Ovviamente, il nuovo idillio lo sviluppa a velocità record: la presenta ai fratelli, agli amici, forse pure al cane, la porta in vacanza con tanto di foto al tramonto spacciate per amore epico nato da un colpo di fulmine, pubblica i ritratti con la malcapitata sui social con l'hashtag #meraviglia.

Poi, come da copione, molla la sventurata senza una spiegazione a fine estate, perché l'amore eterno dura esattamente quanto la stagione delle infradito ed eccolo, puntualissimo come la pubblicità del Black Friday, a riproporsi in stile peperonata, ovviamente convinto che tu abbia passato ogni singolo giorno a contare le ore del suo ritorno, come se fosse il sequel di quel film che hai atteso per due anni, ma che in realtà nessuno ha mai chiesto.

Il minkiaman innamorato psyco riparte in quarta, cominciando a tempestarti di telefonate a cui non risponderai. Dopotutto, dopo cinque anni di questa tragicommedia infinita, il suo unico vero talento resta invariato: rompere le scatole con la stessa costanza con cui Netflix ti domanda se sei ancora lì.

E quando scopre di essere stato bloccato ovunque, ecco il capolavoro finale: sfrutta la pazienza, già esaurita, dei suoi parenti, pregandoli di rintracciarti in ogni modo possibile. Perché sì, si è appena reso conto, guarda caso, di essere ancora innamorato di te e vuole dirtelo di persona.

Un'idea geniale per riconquistarti? Certo, se l'obiettivo fosse rendersi ancora più ridicolo. Forse spera che la disperazione gli conferisca un'aura romantica, ma a questo punto l'unico lieto fine possibile sarebbe un corso intensivo di dignità. L'unico punto a favore di questo esemplare mitologico è che, fortunatamente, non rappresenta un pericolo per gli altri, ma esclusivamente per sé stesso. Sta lì, con l'aria di chi è impegnatissimo a gestire la vita di un professionista di successo, quando in realtà è solo un disagiato cronico. Uno di quelli che collezionano problemi irrisolti come figurine.

Ed ecco il premio di consolazione da esibire sulla mensola della cucina: una scultura in gesso rappresentante la disgrazia regalatagli dal suo psicoterapeuta il quale, probabilmente in burnout, non è riuscito a scalfire questa meravigliosa opera incompiuta del malessere umano.

E adesso, squillino le trombe perché è arrivato il momento di rappresentare il modus operandi dell'esponente della terza categoria di uomominkia sentimentalmente instabile, affrontando il tema della povertà morale e spirituale del marchese del disagio, il principe del fastidio, il re indiscusso del malessere. Insomma, il minkiuto che, dopo averti portata a cena complimentandosi per le tue doti di donna con la D maiuscola, compie l'ultimo grande atto del suo regno e sparisce definitivamente senza mai più farsi trovare. Ecco a voi lui:

3) L'INNAMORATO FANTASMA.

Non aspettarti una di quelle sparizioni di serie B, con il messaggio melodrammatico inviato a notte fonda in cui ti dice che non è stata colpa tua, ma è lui a non sopportare questa vita piena di insidie. No. Lui ha deciso di uscire di scena in modo così plateale da farti pensare che sia stato risucchiato da una nana bianca in un giorno di fine estate. Oppure, come seconda ipotesi, è stato inghiottito dalla macchina del tempo e ora si trova a vivere l'esistenza di un mercenario della Venezia del

Seicento, tra una laguna infestata di moscerini e una taverna piena di avventori dall'alito pestilenziale, e da fantasma appare in sogno al suo fidato amico chiedendogli di vendicare col sangue la sua morte. Roba che nemmeno il peggiore degli sceneggiatori alle prime armi avrebbe mai osato scrivere. Questo minkiuto si comporta, pressappoco, così: lui ti chiede di vedervi, appellandoti con il soprannome di cucciola (è già a sentire questo termine ecco in arrivo un accenno di rigurgito) Tu gli rispondi che va bene, ma dopo due ore ti avverte di avere un impegno e ti chiede di rimandare al giorno dopo. E tu gli confermi che va bene. (Adesso, non vorrei essere oltremodo cinica ma il dubbio che ti stia vagamente perculando dovrebbe assalirti, così come la certezza che, nel frattempo, si sia accordato per vedersi con la tipa che gli ha fatto davvero perdere la testa ma capisco che per avere un'illuminazione simile si debba essere straordinariamente perspicaci e a volte il cervello si chiude e quindi niente).

Ma quando, due giorni dopo, senza alcun motivo apparente smette di seguirti e ti cancella da ogni piattaforma senza nemmeno un addio, ci arriverebbe anche un neonato a capire che ha stipulato un contratto sentimentale con qualcun'altra.

Ma davvero non ti è passato per la testa nemmeno un barlume di genio? Neanche un micro lampo di intuizione che accendesse la proverbiale lampadina? E invece di farti una risata, finisci per interrogare gli utenti di Thread alla ricerca di una spiegazione plausibile?

E così che sparisce l'uomominkia fantasma. Esperto di ghosting, attraversa la porta alchemica scomparendo per sempre, come si conviene ad un valoroso vigliacco. Ma sai una cosa? Forse è meglio così. Che senso avrebbe avuto un suo ritorno? Sarebbe stato banale e prevedibile. Il Minkiuto non torna mai. Lui si dissolve, lasciando dietro di sé una scia di mistero e la sensazione che tutto sia un po' più assurdo di quanto sembri. E forse, proprio per questo, si rivela, nonostante tutto, un po' più interessante degli altri fenomeni da baraccone. Ma non ne ho la certezza.

ALERT: Se vado a Međugorje trovo chiuso.

RISPOSTE TATTICHE DA DARE
ALL'UOMOMINKIA

UOMOMINKIA - Il problema non sei tu, sono io.
DONNA - E fin qui c'eravamo arrivati.

UOMOMINKIA - Credimi, non sono più quello di prima, sono cambiato.
DONNA - Il tuo psichiatra non la pensa così.

UOMOMINKIA - Come mi trovi?
DONNA - Ma chi ti cerca!

UOMOMINKIA - Da piccolo mi divertivo quando mi lanciavano in aria.
DONNA - E non ti hanno ripreso, vero?

UOMOMINKIA - Bella stronza!
DONNA - La so: Masini 1995

UOMOMINKIA - Ti trovo una persona divertente.
DONNA - Sì, bravo, cercamela

PROTOTIPO N. 11

L'UOMOMINKIA DENIM: l'archetipo muto.

È quello che non chiama, non scrive, non manda neanche un piccione viaggiatore. Aspetta che sia tu, umile mortale, a contattarlo. Perché lui, ovviamente, è *l'uomo che non deve chiedere mai*. Il minkiaman, semmai, risponde, e già ti sta facendo un favore.

Quando, dopo aver superato l'ostacolo di una comunicazione unidirezionale, vi incontrate per un aperitivo in centro, arriva con il suo Suv ultimo modello. Sospensioni elettroniche a smorzamento controllato? Ce le ha. Trazione integrale intelligente? Ovviamente, per compensare le lacune della centralina del suo cervello più vuota delle miniere di carbone esaurite.

Scende dal minkiabolide atteggiandosi come se avesse vinto l'Oscar nella categoria miglior attore protagonista mostrando i muscoli sotto una camicia slim fit bianca, quella che urla: "Ehi, guardate tutti la mia abbronzatura made in Maldive!" e con l'aria vincente di chi sta per svelare segreti scottanti da vendere all'editore del giornale di gossip, ma non dice nulla. Lui medita, alimentando l'alone di mistero di cui si circonda, come se fosse sul punto di svelare l'ottavo segreto di Fatima!

E poi, il colpo di scena: è talmente pieno di sé da rivolgerti la parola sbagliando il tuo nome. Ma tranquilla, si scusa con un sorriso da spot pubblicitario, dando a intendere che la colpa è della sua agenda stracolma di impegni di lavoro che gli intasano il cervello. C'è da chiedersi ma quale lavoro e, soprattutto, quale agenda? Il cervello, per lui, è un accessorio come la cintura: serve solo a tenere insieme quel precario equilibrio tra ego smisurato e abisso mentale.

L'incarnazione perfetta del dubbio amletico: "lo fa apposta o non ci arriva?". E diciamocelo, se negli anni '80 quelli della pubblicità del Denim credevano che un profumo bastasse a rendere interessante l'uomo medio, è perché avevano già annusato che il disastro era imminente.

Il consiglio? Sorridi, alzati con grazia con la scusa di andare in bagno e sparisci. E non preoccuparti perché l'uomominkia denim non ti chiederà perché lo hai lasciato lì, da solo, a contemplare la sua magnificenza riflessa nel bicchiere. E ti cercherà, quando lo deciderà lui. D'altronde, lui è l'uomominkia che non deve chiedere mai.

ALERT: In amore ci vorrebbe la stessa tenacia di Radio Maria in galleria.

PROTOTIPO N. 12

L'UOMOMINKIA SPOSATO DEL WEEKEND: Il mago che riappare nei giorni feriali.

Ah, l'uomominkia sposato del weekend: che personaggio surreale! Fa parte di una categoria a sé, un fenomeno sociologico ancora in fase di studio, che si nutre di furbizia e menzogne e di cui sappiamo già abbastanza per trarne conclusioni definitive e poco lusinghiere.

Dal lunedì al venerdì, l'uomominkia sposato è un minkiofono normale. O quasi. Ti contatta nei momenti più improbabili, come un'ombra sempre presente ma mai utile. Ti scrive mentre è imbottigliato nel traffico, tra un clacson e una playlist da tamarro anni '90. Ti chiama durante la pausa pranzo, tra un'insalata proteica e uno sguardo alla partita. Ti cerca quando dovrebbe essere concentrato su un cliente, probabilmente mentre annuisce fingendo di ascoltare. E non dimentichiamo la palestra, dove allena i suoi preziosi minkiamuscoli, forse pensando che il bicipite gli serva per scrollare meglio lo schermo del telefono. E poi, il gran finale: messaggi dal bagno di casa, mentre la moglie è in cucina a preparare la cena, perché sì, anche quando varca la soglia di casa lo smartphone resta il suo vero amore.

Ma poi arriva il weekend e succede l'impensabile! Come Clark Kent che entra in una cabina telefonica, anche lui si trasforma. Non in Superman, ovviamente, ma in qualcosa di altrettanto assurdo: Il Marito Perfetto. Scompare dai radar. Nessun messaggio, nessuna chiamata, neanche un razzo di sos.

Improvvisamente, è tutto gite in famiglia, tempo di qualità con i miei cari e foto impeccabili di colazioni in giardino da pubblicare sui social. Eccolo che scatta selfie con la prole, abbraccia teneramente la mogliettina e pubblica il tutto con hashtag FamilyFirst.

Dove sei tu in tutto questo? Sparita, come il suo interesse per te dal venerdì alla domenica.

L'uomominkia versione sposato responsabile organizza il suo week end con la precisione di un life coach di terz'ordine. Sabato mattina, sveglia presto, non per andare a correre, sia chiaro, ma per indossare quella felpa firmata che dice sono casual ma ricco dentro e poi cimentarsi in mestieri domestici che fino a ieri pensava fossero leggende metropolitane.

Un'ora di battaglia con l'aspirapolvere, che maneggia come fosse la spada di Excalibur, rigorosamente filmata per Instagram. Un capolavoro di cinematografia amatoriale, con didascalie motivazionali del calibro di "Teamwork makes the dream work!", perché vuoi mica pulire casa senza trasformarlo in un evento?

Nel frattempo, la moglie osserva in silenzio; non si sa se ammirata o semplicemente troppo esausta per commentare. Mentre lui è soddisfatto e si sente un po' meno verme, o almeno un lombrico con ambizioni inespresse. Del resto, basta una storia su Instagram e due cuori messi dai follower per autoproclamarsi marito dell'anno.

E tu? Introvabile come il Wi-Fi gratuito in un rifugio di montagna, dispersa come le intenzioni di mettersi a dieta dopo Natale. Praticamente non pervenuta, al pari della temperatura di un paesello di montagna sperduto in centro Italia: non registrata, un miraggio e, forse, nemmeno esistente.

Il suo pomeriggio lo trascorre facendo il classico tour al centro commerciale, il paradiso del marito modello. Con la moglie adorata (ma sempre più insofferente) e la prole urlante al seguito, lui trascina il passeggino come fosse un trofeo vinto a fatica, lo sguardo eroico da "sto dando tutto per la squadra".

Tra una sosta al reparto giocattoli e un giro nel negozio di lusso, rigorosamente davanti alla vetrina, perché mica si entra senza prima aver perfezionato una posa per Ig, sfodera il suo sorriso plastico, studiato più di un balletto virale di TikTok.

E poi il gran finale: la borsa griffata per la moglie. Quella che lei ha puntato con lo stesso entusiasmo con cui tu guardi un paio di sneakers nuove. Ma non illuderti, perché quella borsa a te non te la comprerà mai. Al massimo ti lascia scegliere il prossimo regalo per lei, ovviamente.

Ed eccoci alla domenica, l'apice della trasformazione: il maritominkia si evolve in eroe epico della famiglia. La destinazione è la cascina con vista laghetto, dove il pranzo è country chic e il mood da cartolina Instagram. Sfoggia un look studiato al millimetro: polo fresca di ferro da stiro grazie alla pazienza della moglie e scarpe bianche più protette del Louvre, tanto il prato è solo decorativo e non ci si cammina per davvero.

E poi il momento clou. Lancia il pallone al figlio con l'esperienza di un giocatore di Serie Z, ma con lo sguardo sempre strategicamente rivolto al pubblico. Perché non si sa mai, magari qualche nuova preda si sta chiedendo se papà modello esista davvero. E lui è lì, pronto a incarnare il mito.

Peccato che questa performance leggendaria da personaggio di Game of Thrones duri quanto una reel su Tik Tok. Spoiler, sarebbe bello se giocasse con suo figlio anche quando non c'è nessuno a fare da spettatore ma si sa, senza audience non c'è show.

E tu? Ignorata ancora una volta e nessun messaggio per non insospettire la moglie devota. Lascia il telefono in modalità silenziosa nel caso tu dovessi avere la malsana idea di chiamarlo. Ovviamente, sei memorizzata come Aldo, il suo amico d'infanzia che non vede dai tempi delle medie. L'uomominkia sposato nel week end è furbo tutta la settimana, non lo sapevi?

Quando, infine, rientra a casa dopo le fatiche domenicali, alle 23.30, mentre tutti sono già a letto, il minkiuto seduto sul divano del living finge di guardare il ventiseiesimo episodio della sua serie preferita e, miracolosamente, riappare sul tuo cellulare come la Madonna di Bratislava, se mai esistesse, perché il lunedì sta arrivando e con esso si materializza anche la sua essenza di uomominkia multitasking che si divide tra l'altra e te, ma solo quando trova una scusa plausibile. Poverino, è stressato, non sa a chi dare i resti.

Dopo essere risorto dalle ceneri come una specie di araba fenice del disagio emotivo, ti manda un messaggio criptico, di quelli che ti fanno venire voglia di lanciare il telefono dalla finestra: "Ehi, tutto bene? Ci vediamo domani dopo il lavoro? Dirò a casa che ho il solito incontro di paddle, tesoro." Lo scrive con una nonchalance inquietante, come se ignorarti per due giorni fosse parte di un piano cosmico e non la sua routine da Uomominkia certificato.

E tu lì, immobile, a fissare lo schermo con quell'espressione sospesa tra il perplesso e il "ma sul serio?".

Il dubbio ti divora: è più ridicolo il fatto che lui pensi davvero che paddle sia una scusa plausibile o che tu, in un angolo nascosto della tua mente, gli stia ancora dando credito? Perché se cedessi, anche solo per un attimo, ti avvicineresti pericolosamente a quella sottospecie di "minkiawoman" zerbina. Ovvero, una di quelle che invece di spedirlo a pascolare pecore in Barbagia, rispondono al messaggio con un entusiastico "Ma certo, non vedo l'ora!. Ed è così che si riducono a spettatrici consapevoli di una serie di infima categoria che nemmeno

Netflix prenderebbe in considerazione per una seconda stagione. E lo ringraziano pure per le briciole che elargisce, come se fossero formiche bisognose di attenzioni.. E ce ne sono tante, purtroppo.

ALERT: Dopo il quinto caso umano che incontri, la vita dovrebbe regalarti d'ufficio una persona meravigliosa. E, invece no, ecco il sesto!

PROTOTIPO N. 13

L'uomominkia SOTTONE: il burattino manovrato

Minkiolandia si arricchisce di un'altra incredibile meraviglia del regno animale, presentandoci un esemplare mitologico che non ha nulla da invidiare agli antichi miti greci: l'uomominkia manipolato dalla *dead catwoman* di turno. Ah, questi fenomeni da circo, che vivono sospesi in un delicato equilibrio tra la loro dignità e il desiderio irrefrenabile di compiacere la donna che hanno a fianco.

Non importa che sia una di quelle frequentazioni casuali, una fidanzata o, in casi più estremi, una moglie, perché alla fine, il succo del discorso è rappresentato dalla circostanza di sognare di essere un servitore devoto a vita.

L'importante è galleggiare in uno stato di sospensione perenne, come equilibristi senza rete, tra l'idea di essere uomini e il rimanere impassibili marionette di un impero che non hanno mai avuto il coraggio di fondare.

Loro, gli uominiminkia di questa specie, sono esseri amorfi che passano ore a fissare con occhi adoranti la persona da loro tanto bramata mentre lei racconta, con l'enfasi da premio Miglior attrice protagonista, le sue disavventure al negozio di abbigliamento o le 35 versioni di come il fidanzato l'ha lasciata, abbandonandola in una spirale di disperazione che include non solo il cuore spezzato ma anche la perdita del lavoro, visto che era la sua segretaria, poverina.

Oppure si trovano lì a tenerle la mano mentre la voce della gatta morta diventa un flebile lamento sulle vessazioni della madre narcisista, dalla quale deve assolutamente fuggire, chiedendo aiuto in modo così sottile che il minkiuto, già caduto nella sua trappola psicologica da un'ora, non può fare altro che continuare a sorridere e a prestare immediato soccorso abitativo. E questi uominiminkia, nonostante abbiano un cervello attaccato al collo, sono fermamente convinti che la saggezza stia nel rimanere in silenzio, ascoltando la micetta in piena crisi esistenziale, annuendo con quel sorriso ebete che solo l'amore mal interpretato sa generare.

È come se avessero ricevuto un bonus in regalo per diventare il pubblico passivo di uno spettacolo senza trama messo in scena dalla donna adorata, sia essa fidanzata o qualcosa che le assomiglia vagamente. E lui muto. Quando lei sparisce per giorni, settimane, mesi, l'uominiminkia, ormai manipolato, è sempre pronto a giustificarla non appena riappare, come se nulla fosse accaduto, aggiungendo un'altra tragedia nella lunga lista delle sue sventure esistenziali da raccontare.

E allora, scusate, ma ve la meritate proprio, una tipa del genere, che vi ha sfilato ogni residuo di dignità con la finezza di un ladro di quadri d'autore, facendovi credere che la pazienza è la virtù dei forti.

Perché, in fondo, quale uomo non sogna di diventare l'unico protagonista assoluto dei pensieri di una donna così irresistibile da non rendersi nemmeno conto di essere stato manovrato fin dal primo istante in cui ha pronunciato il proprio nome, come se fosse l'inizio di una fiaba e non una trappola ben architettata?

E cosa accade se, malauguratamente, l'uomominkia finisce per sposare la gattina millantatrice?

Non si illuda nemmeno di pensare di poter sviluppare un pensiero proprio o di avere un'opinione. Questa opzione infatti, è un lusso che l'*uomominkia* di questo genere non può permettersi, proprio come quei vestiti che vorrebbe comprare ma costano una fortuna. Le scelte? Oh, quelle vengono fatte con il massimo del consenso, quello di lei, e a patto che l'ok venga dato dopo lunghe trattative in cui il suo ruolo non è mai quello di decidere ma semmai di osservare subendo le più sottili manipolazioni. Quella famosa frase "Fai come vuoi" è la sua bandiera, l'emblema di una sottomissione che non sa neppure di accettare.

Perché, in fondo ad uno come lui basta lasciarsi trasportare dalle onde e galleggiare nel mare dell'indecisione altrui, mettendo in pratica quella straordinaria abilità di dire sì a tutto. Ma il vero scoop si ha quando si rende conto di essere diventato il protagonista di una farsa. E, incredibilmente, resta lì, fermo a chiedersi come mai lei ha deciso di fare quello che ha fatto, senza rendersi conto che la risposta è già scritta nel suo sguardo vuoto. Eppure, nella sua incoscienza adorante, l'uomominkia sottone non se ne accorge perché è più semplice non ammettere di essere una comparsa in una serie che non ha nemmeno le *reference* dei più brillanti progetti di genere comedy. E se la compagna gli ordina di caricarsi come un somaro e portare su le buste della spesa, lui esegue senza battere ciglio. Altrimenti che uomominkia è?

In fin dei conti, un po' di sofferenza, se portata con classe come le corna, rende il tutto più interessante. Siamo sinceri, quale donna non ama avere un cavalier servente che si offre come vittima sacrificale, disposto a ricevere una pacca sulla testa come premio per la sua sottomissione incrollabile? Giusto una mistresse!!!

Ah, gli uominiminkia sottoni, poveri eroi che si credono dei giganti mentre non sono altro che piccoli, teneri gattini in cerca di affetto.

ALERT: Quando credi di aver completato l'album dei casi umani, ecco che escono le edizioni speciali!

PROTOTIPO N. 14

L'uomominkia VANESIO: Er mejo figo der bigonzo

Nella rassegna del disagio troviamo anche lui, l'uomominkia vanesio, una delle sottospecie più affascinanti e dannose del catalogo del minkiabrand. A differenza dei minkiofoni che si innamorano di chiunque regali loro un like su Instagram, o di quelli che risorgono dalle ceneri con la frequenza di un sequel Marvel, questo minkiaman ha un solo obiettivo: piacere a sé stesso attraverso di te. E sì, perché tu non sei altro che uno specchio con due gambe, il supporto morale necessario per gonfiare il suo ego già esageratamente fuori scala.

Signore e Signori, vi presento il seduttore dei tre giorni!

Quando l'uomo vanesio entra in scena, è come assistere a una tempesta orchestrata con precisione maniacale. Ogni suo messaggio sembra tratto da un saggio di Umberto Eco, intriso di citazioni raffinate e pensieri articolati, studiato per dimostrare immediatamente la sua cultura e la capacità di avere una risposta pronta per ogni domanda, senza preoccuparsi di apparire pesante e noioso.

Per i primi tre giorni, è sempre presente sui tuoi social, quasi a marcare il territorio come un segugio, si interessa ai tuoi progetti, e ti chiede quale sia il tuo piatto preferito che non cucinerà mai, ma apprezziamo lo sforzo recitativo. Poi quando sei lì che pensi "Magari stavolta è diverso," aspettati la tranvata dritta in faccia.

Dopotutto, la sua aura di perfezione non può durare specialmente perché è solo un trucco di scena, peraltro mal riuscito, e un occhio attento si rende subito conto che questo tipo di uomominkia è interessato solo alla pesca a strascico. Onnipresente sulle sue pagine social, pubblica selfie ogni giorno inserendo qualche filtro sparso per apparire più attraente. Solitamente ha un numero di follower molto alto, ma il dubbio che li abbia acquistati è lecito. I like sono molti sotto le sue foto così come i commenti delle donne attratte da una caption fuorviante; il solito pensiero poetico copiato dai biglietti dei cioccolatini per nascondere la profondità emotiva di una pozzanghera, sotto un selfie allo specchio con camicia bianca sbottonata e atteggiamento sexy da modello di Postalmarket.

Lui è anche l'imperatore dei like e degli approcci imbarazzanti. Ma è nelle storie e nei direct che il minkiaman vanesio dà il meglio di sé. Le sue mosse sono sempre le stesse, una coreografia tanto prevedibile quanto imbarazzante. Inizia con una pioggia di like tattici, circa trenta così da far squillare in sequenza le tue notifiche e accendere il tuo interesse. Prosegue con una raffica di cuori sulle tue foto, da quelle in spiaggia a quelle di quando avevi cinque anni e mangiavi un gelato con la faccia sporca di gelato al pistacchio. Il suo intento è chiaro, vuol dire: "Ehi, mi vedi? Sono qui, leggimi! Guardami!".

Hai pubblicato una foto del tuo cane, e lui commenta: "Il tuo cane è bellissimo, ma tu lo sei ancora di più".

E attenta, perché se rispondi o, peggio, metti un like al suo commento scoperchi il vaso di Pandora. Ti arriva come un fulmine un messaggio privato in cui più o meno scrive: "Scusami se ti disturbo, ma dovevo dirtelo che sei davvero unica". Segue una valanga di emoji, cuori, fiamme, stelline e magari anche una rosa virtuale, perché l'eleganza non è mai troppa.

Al contrario, se non lo degni di un commento, like o se non gli dai corda, è capace di inviarti in direct un messaggio passivo aggressivo del tipo: "Comunque, rispondere è cortesia, sei davvero una maleducata. Ma chi ti credi di essere, Zendaya?"

E poi, per finire, pubblica una reel con didascalia drammatica: "È inutile cercare di piacere a chi non capisce il tuo valore". Traduzione: "Perché non mi stai cagando?".

Appare chiaramente che l'uomominkia vanesio non cerchi donne da conoscere, ma un numero crescente di follower. Le sue prede preferite sono quelle che interagiscono, magari con un commento gentile o un messaggio casuale. Da lì, il suo ego esplode come un palloncino troppo gonfio, e inizia il ciclo che già conosci: complimenti esagerati, conversazioni autoreferenziali e promesse mai richieste.

In pratica la sua anima è come quella di un pescatore che lancia mille ami nella speranza che qualcuno abbocchi. E quando una donna si stanca e lascia il gioco, lui non si perde d'animo: torna a scrollare il feed, pronto a invadere i DM di qualcun'altra. Perché il vanesio non smette mai di cercare, il suo ego lo esige. Insomma, è un Sampei 2.0

Guai ad uscire con un tipo simile! Monopolizzerà le conversazioni mentre cercherà di psicanalizzarti.

Tu gli racconti di quella volta che hai affrontato un uragano per salvare un gattino, e lui ti risponde con: "Anche io mi sento così eroico quando vado in palestra, alzo 30 kg e la gente mi guarda".

Il suo interesse per te si trasforma rapidamente in un monologo sul suo hobby, il suo lavoro e su come nessuno abbia mai capito davvero la sua anima tormentata, tranne forse il barista che gli serve il caffè doppio ogni mattina. Per non parlare delle donne con cui ha tentato di instaurare un rapporto: si sono dimostrate opportuniste, superficiali e, di conseguenza, incapaci di suscitare un reale interesse nel suo animo da pseudo intellettuale.

E tu diventi una uditrice del suo audiolibro, una comparsa che alla prossima replica sarà sostituita con una lampada da terra art decò.

Il suo ultimo atto, il patetico dramma, l'uomominkia vanesio lo sviluppa così. Nel momento in cui il minkiuto si rende conto che la sua musa sta per darsela a gambe, solitamente fa scattare la modalità emergenza e sfodera la sua arma segreta, ovvero la finta vulnerabilità accompagnata dall'immancabile frase da minkiaman rimasto intrappolato in un buco temporale che lo blocca all'età dell'adolescenza. Ti dirà di non essere certo di volere una relazione seria, ma tutto ciò che vive con te è meraviglioso, con la stessa credibilità di un televenditore di miracoli a € 69,99. Oppure, se vuole aggiungere un tocco da drammaturgo d'attacco, sparisce. Nessun messaggio, nessuna chiamata, ma ti guarda le storie di Ig. Piccolo indizio: questa mossa ha un nome preciso e si chiama orbiting. Insomma è un guardone 3.0

E tu? Cominci quasi a illuderti di essertene liberata, ma eccolo che ritorna, carico di pathos e pesantezza: "Ti stavo pensando, non riesco a smettere". La risposta ideale sarebbe "Curati." Ma a pensarci bene, anche calare il sipario e non dire nulla ha il suo fascino.

Ti svelo un segreto: la relazione con un uomominkia vanesio non finisce mai davvero, ma entra in un loop infinito finché tu non blocchi il numero, le pagine social e tutta minkialand.

Ogni volta che pensi di esserti scollata l'accollo, lui escogita un modo per tornare. Nel caso, ti farà chiamare da tutto l'albero genealogico non perché ti ami, non sa nemmeno cosa significhi, ma perché ha bisogno di una nuova dose di approvazione.

Alla fine, l'uomo vanesio è come un B movie: intrattiene per un po', ma non vai oltre i primi quindici minuti per non continuare a sprecare il tuo tempo. Eppure, il suo copione rimane sempre lo stesso: ti aggancia, ti ignora, ritorna in modalità dramma, e si ricomincia.

Ma tranquilla: quando deciderai di scendere definitivamente dalla giostra che emotivamente ti rende sterile sarà lui a perderci. Mentre tu hai solo guadagnato un'esperienza in più da raccontare alle amiche davanti a un bel bicchiere di vino.

ALERT: Non si può piacere a tutti. Sii grata per questa selezione naturale.

RIFLESSIONI FINALI

Scommetto che molti si sono riconosciuti in almeno uno degli elementi bizzarri appena descritti. Forse qualcuno ha persino rivisto, in questi esemplari mitologici, l'amico d'infanzia incollato alla gonna della mamma, la suocera gelosa, il fidanzato ammogliato, il vicino di casa narcisista, l'ex marito bugiardo e traditore o il collega universitario un po' nerd. E c'è chi mente!

La verità è che queste creature leggendarie sono ovunque. A volte si nascondono bene, altre volte il destino ci concede la fortuna di smascherarle, ma spesso quando ce ne accorgiamo è già troppo tardi.

Questa guida ironica, quindi, serve a strappare un sorriso, a riflettere su qualche errore di valutazione passato e, perché no, magari ad evitarli in futuro.

E qualunque sia la vostra reazione, ricordate sempre una regola fondamentale: se non tirate la catena, gli stronzi continueranno a galleggiare indisturbati nel water delle vostre vite.

E comunque tenete a mente che, prima o poi, il Karma Karmerà.

RINGRAZIAMENTI

Ringrazio tutti, quelli belli e quelli brutti.

Valentina Gemelli.

NOTA BIOGRAFICA

Valentina Gemelli

Valentina Gemelli, attrice, sceneggiatrice e conduttrice radiofonica.

Cinquanta sfumature di materia grigia tra i capelli rossi, sono nata sotto il segno del Capricorno in quadratura con il mio ascendente Ariete, e già questo la dice lunga. Forse mi salva la Luna in Pesci ma non ne sono così sicura. Una laurea in Giurisprudenza che mi è utile durante le riunioni di condominio, attrice di giorno, sceneggiatrice di sera e nel pomeriggio speaker radiofonica. Strega nella mia vita precedente ma anche in questa non scherzo. "Il danno" è il mio film preferito ma mi piacciono anche la pizza e il tiramisù.

SOMMARIO

www.robertocalvoproductions.com

info@robertocalvoproductions.com